KB267275

부디 바람처럼 자유롭기를

김서진

부디 바람처럼 자유롭기를

초판 인쇄일 2026년 3월 15일
초판 발행일 2026년 3월 15일

펴낸곳 l 도서출판 그림책
펴낸이 l 장문정
지은이 l 김서진
디자인 l 이정순 / 정해경
주 소 l 경기도 수원시 영통구 이의동 웰빙타운로 70
전 화 l 070-4105-8439
E - mail l khbang21@naver.com
표지디자인 l 토마토

부디 바람처럼 자유롭기를

부디 바람처럼 자유롭기를

이 책은 사막을 다시 설명하기 위한 글이 아니다.
정보를 전달하고, 의미를 규정하기 위한 글도 아니다.
그저 그렇다는 것을 알아주기를 바란다.

『사막으로 나를 외치다』 이후, 나의 시간을 글로 남겨왔다.
그 시간들에서 나온 여정이 이 책이 되었음을 말하고 싶었다.

침묵, 어두움, 외침, 여정, 외로움의 순간들을 합쳤다.
한때의 나는 글이 없으면 부르짖었다.
부르짖듯 글을 써 내려가던 시간도 있었다.

그런 순간들이 있었지만
지금의 나는 글이 없어도 살아갈 수 있고,
침묵 속의 시간이 더 여유롭게 느껴진다.

그럼에도 이 책을 펴내는 이유는
이 기록들이
이제는 더 이상 나만의 것이 아니게 되었기 때문이다.

시간이 지나며 글들은 나를 떠나
각자의 자리로 흘러가게 되었다.

이 책은 답을 건네지 않는다.
그 대신 글의 여백을 남긴다.
읽는 이들이 각자의 답을 찾기를 바란다.
해석은 각자의 자리와 시간에 따라
다르게 머물 수 있음을 전하며.

이 책은
시집도 아니고, 소설도 아니며, 에세이도 아니다.
나의 삶의 한 챕터를 담았다.

다음 파트의 책을 기약하며,
각자의 자리에서 읽어주기를.

부디 바람처럼 살길.

부디 바람처럼 자유롭기를

1부 달이 귀가하다

2부 날개가 날기까지

3부 지금까지의 해방일기

1부

달이 귀가하다

달이 귀가하다

주변의 소음과 빛, 냄새와 습도 같은 미세한 환경에 예민하게 반응하던 나는 결국 그 소리에 깨어났다. 머릿속으로 그 소리를 되뇌는 사이, 소리는 나를 관통하여 화면 위로 환청처럼 끊임없이 흘러나왔다. 조용하고 한적한 새벽, 달 속에 갇힌 내가 투명한 거울 속에 비치고 있었다.

나는 내가 아니라고 처절하게 부정했었다. 그러나 부정은 더 큰 인정이라 했던가, 거울 속 형상은 역시 나였다. 나를 비추던 달은 언제부터 그 속에 갇혀 있었던 것일까. 그 차가운 감옥에서 나를 꺼내 오고 싶었다. 우리가 이토록 갇혀 지낸 날은 언제부터였을까.

한탄 속에 시들어 버린 줄 알았던 눈물이 다시 새어 나오기 시작했지만, 달에서 내리는 비는 소리 없이 울 뿐이었다. 눈이 마를 날 없는 세월이었으나 여전히 소리는 나지 않았다. 이토록 처참할 수 있을까.

고립되고 폐쇄된 그곳에서, 빛과 소음이 낳은 기생충들이 내 온몸을 뒤덮었다. 온몸이 독으로 서슬 퍼렇게 날이 서 있던 그때, 독을 품은 기생충조차 별다른 대응 없이 달로부터 귀가했다.

"달에 비친 부정은, 내 안의 잣대였다"

고요히, 머무르다

흐트러진 머리카락을 가만히 쓸어 넘기며 만지작거린다. 내 안을 더 들여다보고 싶어 글자를 휘갈긴다. 미흡한 나의 글을 기꺼이 보여주고 싶은 마음에 다시 적어 내려간다. 누군가에게 가만히 기대어 보니 스르르 눈이 감긴다. 휘갈겨 쓴 나의 글을 누군가 읽어준다는 것은 참으로 벅찬 감격이다. 사랑이라는 그 무구한 것 앞에 속수무책이 된다. 흔적을 곁에 하나씩 남기며 글을 이어간다.

그 자리에서 머무르고, 또 머무른다. 사계절이 슬그머니 곁으로 다가오듯 누군가가 나에게 스며든다. 함께 깊어진다는 것, 나는 과연 어떤 모습으로 당신에게 찾아갈 수 있을까. 글을 쓰면 쓸수록 스스로의 모순과 마주하게 되지만, 그럴 때면 누군가와 꽃의 소묘를 바라보며 조금씩 서로 닮아가고 싶다.

삶에 깊이가 생긴다는 것은 결국 서로 닮아간다는 이야기다. 걸음

걸이, 스치는 말투, 그 사람의 고유한 냄새까지 닮아간다. 깊어가는 가을, 단풍잎을 밟으며 그윽한 가을의 향기를 맡는다.

"우리는 서로에게 서서히 물들어가는 계절이다. 당신이라는 고요한 문장 곁에 머무는 것만으로도 내 삶은 비로소 하나의 서사가 된다."

더 나은 작별

만약 당신이 바다의 법칙을 깊이 들여다본다면, 그 압도적인 위용에 속수무책이 되고 말 것이다. 외로움을 어디론가 흘려보내고 싶을 때마다 나는 습관처럼 바다를 찾았다.

"바다란 무엇일까?"

나는 늘 스스로에게 물었다. 꽃이 피어나는 바닷바람 속에 머물며 잠시 숨을 고를 때면, 바다의 소리는 하나의 선율이 되어 귓가에 머물다 이내 송곳처럼 나를 찔러왔다.
"시간의 향기 속에서 너는 어떤 바다를 보고 싶니?"
선생님은 내게 그렇게 물으셨다. 그것은 과거의 시간이었다. 나는 그 시절의 감정과 소리, 그리고 나를 덮치던 파도를 다시금 감각하고 싶었다.

바로 오늘, 할머니가 세상을 떠나셨다. 공교롭게도 어머니의 날이었다. 우리는 함께 소고기를 먹었고, 나란히 서서 바다를 바라보았다. 아름다움을 마주하러 가는 길 위에서 할머니는 내 손을 꼭 맞잡고 계셨다. 하지만 그 온기어린 기억은 오늘 다시금 메말라 버렸다. 바다라는 거대한 침묵 속으로 할머니가 사라졌기 때문이다.

우리는 자주 농담을 주고받았고, 그분은 참으로 따뜻한 사람이었다. 나는 그분을 '할머니'라는 전형적인 틀보다 '친구'라는 이름으로 느끼곤 했다. 언제나 내게 다정한 이야기를 들려주던 분이었기에. 어느 노년의 여인이 바다로 스며들 듯 고요히 저물어 갔다. 내 마음은 속절없이 비워졌고, 나는 비로소 할머니에게 마지막 작별을 건네야 했다.

나는 할머니를 사랑했고, 바다를 사랑했다. 할머니에게는 수없이 작별을 고해왔지만, 이상하게도 바다에는 도저히 작별을 말할 수 없었다.
"선생님, 저는 할머니가 보고 싶습니다."
할머니의 체온은 이미 식어 있었다. 나 역시 한 해의 한가운데서, 식어버린 할머니의 체온만큼이나 스스로가 더 단단해지기를 애쓰며 버티고 있다. 내가 처음 글을 쓰기 시작했을 때 그분은 늘 곁에 계셨고, 나 또한 마지막까지 그 곁을 지켰다. 부모님은 내 글을 읽고 늘 "잘 모르겠다"며 고개를 저었지만, 할머니만은 "계속 써라"라고 말씀해 주셨다.

바다에 투영된 감정들은 글 속에서 점점 무뎌져 갔고, 나는 그 시간의 바다 속에 오래도록 머물러야 했다. 오늘, 바다의 품에 안긴 나의 할머니는 세상을 떠났다. 나는 단 한 순간도 그 기억을 잊을 수 없을 것이다. 한 장면에 멈춰 서서 사무치게 그리워하는 동안, 나는 비로소 '어른이 된 아이'가 되었다. 어른도 아이도 아닌, 그 경계 어디쯤을 헤매는 존재.

어느 순간부터 "너도 이제 어른이다"라는 말을 자주 듣게 된다. 어떤 나이에 접어들면 "네가 미처 생각지 못한 것을 이미 생각하고 있구나"라는 말을 듣기도 한다. 그럴 때마다 나는 '아, 내가 정말 어른이 되었구나'라고 실감한다.

나는 할머니를 보내드린 후에도 수많은 작별을 경험했다. 요양원 봉사를 하며 죽음을 가까이 보았기에, 때로는 이별 앞에 무뎌진 채 특별한 감정조차 느끼지 못할 때도 있었다. 인간에게 죽음이란 누구에게나 찾아오는 필연이며 자연스러운 순리이기 때문이다.

그러나 동시에 나는 여러 갈래의 '그리움'을 배웠고, 내 글 속에서 그 그리움은 끊이지 않고 이어졌다.

기억의 섬

특정한 패턴 속에서 나의 기억은 환상으로 재구성된다. 그 조각난 기억들이 모여 비로소 나의 삶을 구성한다. 지나간 시간은 되돌릴 수 없으나, 현재의 마음가짐은 언제든 되돌려 세울 수 있다. 타인과 부대끼며 시간을 보내다 문득 오롯이 나만의 시간으로 돌아오는 순간, 그 시간은 형언할 수 없이 소중해진다. 바로 이곳이 나의 '환상의 섬'이다.

새벽녘, 어떤 글을 쓸지 구상하는 시간은 나에게 주는 최고의 휴식이자 보상이다. 모든 글에는 고유한 흐름이 있다. 새로운 환경을 마주하거나 미처 몰랐던 감정이 차오를 때, 나는 펜을 든다. 그 시점은 매번 다르지만, 일단 흐름을 타기 시작하면 몰입의 순간은 무섭도록 깊게 찾아온다. 몇 시간이고 글 속에 나를 남겨두는 그 집중의 시간이 좋다.

나의 창작 패턴은 완전한 규칙이라기보다 불규칙 속에 존재하는 질서에 가깝다. 나조차 어느 타이밍에 글의 '환청'이 들려오는지 정확히 알지 못하지만, 그 소리를 놓치지 않으려 늘 귀를 기울인다. 지금의 나와 미래의 나는 분명 서로 다른 세상에 살고 있을 것이다.

아주 가끔은 현재와 환상이 구분이 안 될 만큼 깊은 공상에 빠지기도 한다. 아마도 지금 나를 가두고 있는 틀에서 벗어나고 싶은 갈망 때문일지도 모른다. 누구나 저마다의 프레임 속에서 살아가지만, 결국 그 프레임을 어떻게 바라보느냐에 따라 삶의 풍경은 달라진다고 믿는다.

맨발로 바닥을 딛고 음악의 결에 몸을 맡겨 본다. 낯선 타국을 유람하며 비로소 내가 LP바와 올드팝의 정서를 사랑한다는 것을 깨달았다. 환경은 감성을 자극하고, 어떤 환경에 머무느냐에 따라 사고의 방식도 재정의된다. 나는 나의 사고가 더 넓고 유연한 곳으로 향하기를 바랐다.

필리핀에 머물며 만난 중국, 일본, 타이완의 친구들은 저마다 자유로운 영혼을 지니고 있었다. 특히 성소수자의 결합이 합법화된 타이완의 개방적인 문화와 논바이너리 등 다양성을 존중하는 태도는 나에게 신선한 충격이었다. 덕분에 나는 어떤 질문과 이야기 앞에서도 편견 없이 마음을 열 수 있게 되었다.

사람과 함께 있어도 메워지지 않는 거리감은 존재한다. 어쩌면 그 거리감은 서로를 소중하게 만드는 '최적의 거리'일지도 모른다. 그 간극이 있기에 우리는 다음 만남을 기대할 수 있는 것이 아닐까.

"우리 사이의 공백은 때로 파도를 만든다."

애벌레

꿈틀꿈틀,
알껍질을 겨우 뚫고 나온 애벌레.
걷기조차 서툴다.
날고 싶지만
먼저 남겨진 껍질을 씹어 삼킨다.
살아남기 위한 몸의 기억처럼.
몸이 조금씩 늘어날 때마다
아직 돋지 않은 날개를
괜히 한 번 더 눌러 본다.
하늘은 멀고,
심장은 먼저 뛴다.
꿈틀꿈틀,
오늘도 붉은 시선을 피해
조심스레 한 걸음.

나는 아직
애벌레

날고 싶은 사람들은
애벌레의 시간을 산다.

잊혀지는 계절

복잡미묘한 감정들이 해일처럼 쓸려 올라왔다. 누군가 나를 떠나갔고, 나는 그렇게 잊혔다. 그 잊힘의 끝에 닿기까지 참으로 오랜 시간이 걸렸고, 그 고통은 나를 오래 붙들어 두었다. 괴로움이 몸서리치게 차오르는 순간에도 타인 앞에서는 결코 그 모습을 보이지 않았지만, 홀로 견뎌야 했던 그 시간들 속에서 나는 조금씩 또 다른 내가 되어가고 있었다.

겨우 그런 숨을 몰아쉬며 버티고 있을 때, 다른 누군가가 다시 내 삶의 문을 열고 들어왔다. 비로소 다시 숨을 쉴 수 있었다. 더할 나위 없는 기대와 함께 비좁았던 가슴에 숨을 쉴 겨를이 생겼다. 하지만 기쁨도 잠시, 이 사람 또한 떠나갈지 모른다는 불안이 그림자처럼 따라붙었다. 그리고 예감은 틀리지 않은 채, 그는 다시 떠나갔다.

모든 인연은 제때에 왔다가 제때에 가는 '시절인연'임을 머리로는
알고 있지만, 내 삶엔 다시금 선명한 아픔의 낙인이 찍혔다. 언제
쯤 이 인연과의 이별이 찾아올까 전전긍긍하던 생각들이 나를 복
잡하게 옥죄었다. 내 안의 풍경은 속절없이 가난해졌고, 마음속
깊은 곳은 더할 나위 없이 캄캄해졌다.

"계절이 바뀌듯
사람도 저문다.
나는 이제
비어 있는 이 공간을
서두르지 않기로 했다."

숨바꼭질

내 자아는 여러 갈래로 분화되었다. 나는 나를 가장 잘 안다고 자부해 왔지만, 실상 나를 가장 모르는 존재 역시 나였다. 나는 지금, 과연 누구로 변해가고 있는 것일까.

진정한 나를 되찾고 싶었지만, 자아를 찾는 일은 밤하늘의 별을 따는 것처럼 요원했고 나는 속절없이 나 자신을 잃어갔다. 마치 누군가 나를 통째로 훔쳐 가 버린 것만 같았다. 내 자아는 여전히 과거의 상처로 깎이고 다듬어졌다. 그 상처 위에 다시 상처가 덧나 만신창이가 되었음에도 나는 살아야만 했다. 아니, 살지 않으면 안 되기에 간신히 생을 이어가는 것에 가까웠다.

나는 상처를 깊숙이 숨긴 채 살아왔다. 가면 같은 미소 뒤로 상처와 숨바꼭질을 하며 위태로운 삶을 지탱했다. 연약한 속내를 들키지 않으려 내 안의 또 다른 자아와 수시로 역할을 교대했다. 그렇

게 세상의 구석에는 그 누구도 눈치채지 못할 두 명의 내가 살아
가고 있었다. 아픈 자아를 대면하는 일은 죽기보다 싫었지만, 겉으
로 드러난 자아가 탈진해 쉴 곳을 찾을 때면 나는 어쩔 수 없이 내
면의 아픈 자아를 꺼내어 먹으며 버텼다. 내 존재는 그렇게 산산
조각 났지만, 부서진 자아의 파편들을 부여잡고 악착같이 견뎠다.
그것이 내가 아는 유일한 생존의 방식이었으므로.

나는 두 개의 나와 함께, 숨바꼭질하듯 살아왔다.

"가장 깊은 어둠 속에서 우는 내가
빛 아래 웃는 나를 먹여 살렸던
고독한 밤들의 기록."

방황

새로운 비행선 한 대가 사막을 향해 날아올랐다. 그것은 단순한 비행이라기보다 무언가로부터 벗어나기 위한 필사적인 도주에 가까웠다. 그러나 사막의 험난한 고비를 넘기지 못한 채 비행선은 추락하고 말았다. 그들은 막막한 사막 위에서 환상처럼 들려오는 소식을 이정표 삼아 나아갔다. 어쩌면 아무것도 없는 황량한 사막이야말로 몸을 숨기기엔 최적의 장소였을지도 모른다.

괴물들이 이미 턱끝까지 따라붙어 있었기에, 도피는 선택이 아닌 생존을 위한 필수였다. 그렇게 도망치던 중에 그들은 우리 집단과 마주치게 되었다.

"지금 괴물들이 우리를 뒤쫓고 있어요. 곧 전쟁이 일어날 겁니다. 아주 거대하고 참혹한 전쟁이 될 것 같아요."

다급한 목소리에 누군가 물었다.

"그런데 왜 하필 이 메마른 사막으로 도망쳐 오신 겁니까? 피할 곳은 다른 데도 얼마든지 있었을 텐데요."

우리는 방황하며, 방향을 택한다.

"모래바람이 추락한 잔해를 덮을 때,
우리가 사막을 택한 것은
길을 잃기 위해서가 아니라
나만의 발자국으로 새로운 지도를 그리기 위함이었다."

지구인들과의 만남

일주일간의 해방은 아무도 없는 세계로의 진입이었다. 그 속에서 나는 다시 조그마한 아이가 되어 정신적인 해방을 고대하며 꿈을 품는다. 기대했던 일주일은 눈 깜짝할 새 지나갔고, 나는 여러 형태가 되어 외딴섬에 갇혔다.

섬을 걸을 때, 수영할 때, 그리고 집 안에 머물 때 신는 신발이 각기 다르듯 운명 또한 사람마다 정해져 있다. 언제, 어디서, 어떻게 사라질지 모르는 것이 삶이다. 그럼에도 이 외딴섬에서 나는 두려움을 느끼지 않았다. 발걸음이 가벼워 새들처럼 금방이라도 날아갈 것 같았다. 비상을 꿈꿨으나 몸은 마음처럼 날아오르지 않았다.

아무도 없는 곳에서 오직 휴대폰과 나, 둘이서만 살아갔다. 노래를 틀어놓고 온종일 누워 나의 뇌 구석구석을 탐방했다. 시원하고 깨끗한 공기를 들이마시고 내뱉기를 반복하며, 이런 순간이 영원하기를 바라고 또 바랐다.

그러나 순식간에 그 시간은 저물고 만다. 아무도 없는 세계를 벗어나 다시 지구로, 사람들을 만날 시간이다. 블루투스 이어폰이 만들어준 나만의 세계에서 걸어 나온다. 이제 다시 지구인들과 어울려야 한다. 나는 혼자가 아니다. 다시 그들과 만나 교류하고, 뜨겁게 교감할 시간이다.

"혼자만의 섬에서 길러낸 고독은
사람들 속으로 다시 걸어 들어가기 위한
가장 투명한 용기였다."

어떤 색깔로, 물들까

세상은 넓고 넓은 평지와 언덕, 그리고 끝이 보이지 않는 길 위에 펼쳐져 있다. 이 거대한 세상 속에서 내가 바라보는 관점은 과연 어떤 색으로 물들어 있을까.

세상을 보는 잣대는 사람마다 다르다. 누군가는 눈부시게 밝게, 누군가는 한없이 어둡게 본다. 나는 결코 부정적인 눈으로 세상을 보지 않으려 애썼다. 하지만 정작 많은 이는 자신들만의 잣대로 나를 평가했다. 그 날카로운 잣대들은 매번 나를 재고 있었다.

그 잣대는 내 마음의 모서리를 조금씩 깎아냈다. 모두가 같은 눈을 가질 수는 없다는 것을 안다. 그래도 나는 타인으로 인해 내 색이 닳아 없어지지 않기를 바란다.

이 세계에서, 나는 어떤 색으로 담기고 싶은가?

“타인의 눈이 아닌
내 숨의 농도로 조용히
물들고 싶다.”

글의 향기를 기억하는 사람들에게

건조한 사막 숲을 헤엄치고 있었다. 그 막막한 공간에서 간간이 숨을 고른다. 1,500km에 달하는 사막의 여정에 누군가 탑승했다. 잠시 몸을 숨기고 바라보니, 그것은 다름 아닌 나의 '글'이었다. 글이 나에게 말을 걸어왔다.

"너는 내가 어때 보여? 내가 맛있어 보여?"

종종 나의 글과 대화를 나누고 싶다는 생각을 했지만, 실제로 이런 일이 사막 한가운데서 벌어지다니. 너무 먹지 못해 빈혈이 온 것일까 의심했다. 글은 이어서 말했다.

"사람들이 나를 다시 보도록 상기시키는 글이 되었으면 좋겠어."

그것은 마치 나의 깊은 속마음과도 같았다. 글과 나는 비로소 마음이 통했다. 나도 나의 글에게 대답했다.

"내가 쓴 글의 냄새가 그리워서 다시 찾아오는 이들이 생겼으면 좋겠어. 그 향을 잊지 못하는 사람들이 있다면 참 좋겠다."

무색하게도 그 순간, 글은 순식간에 사라졌다. 짧은 대화였지만 행복했다. 다시 보고 싶었다. 내가 쓴 글들은 대체 어떤 생각을 품고 있을까. 독자들의 마음도 궁금하지만, 이제는 말하고 생각하는 내 글들과 더 친해지고 싶다.

"문장은 숨을 품는다.
누군가의 코끝에 닿는 순간
비로소 살아난다."

끝이 없는 통로 속에서

〈말하는 대로〉를 떠올린다. 학생 시절 〈무한도전〉을 보며 위로받던 날들. 이 노래는 나의 스무 살과 닮아 있었다.

스무 살이라 하면 흔히 봄바람을 떠올리지만, 사실 인생이라는 터널을 오르며 끊임없이 방황하는 시기였다. 말하는 대로 해보려 애쓰던 때였다. 과거를 되돌아보며 뒤늦은 깨달음을 얻는다. 나는 말한다. '내 마음속 작은 이야기를 들어야 한다'는 가사처럼, 나는 나의 내면을 들여다보았다.

이십 대를 과연 잘 보내고 있는 것일까.

나에겐 어떤 일이 진정 어울릴까. 현재의 나는 왜 이토록 이중적인 모습을 보일까. 혼잣말은 늘어가지만, 정말 나는 말하는 대로의 삶을 살고 있는가. 어느 순간 느껴졌다.

불안은 사라지는 것이 아니라 통과하는 것임을. 그리고 문장을 쓰기 시작했다.

"글은 나에게 숨을 수 있는 자리였다."

기록의 저장소

기록에 관한 생각들. 소셜 미디어는 이제 모두의 삶 속에 깊숙이 스며들었고, 때로는 삶 전체를 가득 채우기도 한다. 하지만 나는 소셜 미디어에 집착하는 삶을 원치 않는다. 그것이 인생의 목적이 되어서는 안 된다고 믿는 사람 중 하나이기 때문이다.

사실 소셜 미디어를 통한 이미지 관리나 타인의 관심에 대한 큰 기대는 없다. 물론 인정받고 싶은 욕구는 있다. 그러나 그 방향이 나를 삼켜서는 안 된다고 믿는다. 그 안에서 가면을 쓰는 이들도 많지 않은가. 그 가면을 어떻게 해석하고 책임질지는 각자의 몫이기에 옳고 그름을 단정 짓기는 어렵다.

최근 호주에서는 청소년의 정신 건강과 각종 사회 문제를 방지하기 위해 만 18세 미만의 소셜 미디어 통제 법안이 마련되었다고 한다. 하지만 실제 현지인의 말을 들어보니 법은 생겼어도 청소년

들의 사용량이 눈에 띄게 줄어든 것은 아니라고 했다.

나 역시 한때는 소셜 미디어를 내 인생의 중요한 부분이라 여겼던 적이 있다. '좋아요' 숫자에 마음이 요동치던 청소년 시절 말이다. 하지만 어느 순간 나는 변했다. 내실을 다지며 정신없이 살다 보니 타인의 삶에 대한 호기심이 사라졌고, 누군가의 '좋아요'를 기다리는 시간조차 아깝게 느껴졌다. 온라인상의 반응이 실제 내 삶에 실질적인 도움을 주지는 못한다는 사실을 깨달았기 때문이다.

실제의 삶이 99%를 차지하는 오프라인의 세상은 온라인과 확연히 다르다. 물론 기록하는 것을 좋아하기에 문득 떠오르는 생각이나 사진을 추억하며 올리기도 하지만, 이는 무언가를 판단하거나 부정하기 위함이 아니다. 그저 긍정과 부정 그 중간 어디쯤에서 나의 기억을 아름답게 보관하고 싶을 뿐이다. 소셜 미디어는 나에게 그저 소중한 기억을 담아두는 이미지의 서랍장안에 있게 되었다.

"기록은
타인의 시선을 모으는 일이 아니라
흩어지는 나를 붙드는 일이었다."

아이에게 남기지 않기 위해

내 안에 남아있던 잔여물 같은 여파들이 무색하게도, 아이는 믿기지 않을 정도로 해맑은 미소를 지어 보였다. 말갛게 웃던 아이. 그 미소는 너무나 투명해서 아이의 속마음까지 훤히 들여다보일 정도였다.

나는 그 아이의 순수한 마음을 영원히 보관해 주고 싶었다. 트라우마나 후유증 같은 어두운 그림자가 아이에게 닿지 않기를 간절히 바랐지만, 그것은 내가 완전히 통제할 수 있는 영역이 아니었다. 한나(아이)는 마치 연약한 영혼 같았다. 미소 짓는 그 얼굴을 계속 보고 싶었으나, 아이의 눈빛을 읽는 순간 미래의 고통스러운 문장 하나가 내 눈가에 스쳤다. 나는 결코 그런 미래가 오지 않기를, 아이가 처절함이나 억울함을 겪지 않기를 간절히 빌었다.

끝나지 않을 것 같은 고통이 나를 괴롭힐 때면 나는 영혼조차 없는 존재처럼 느껴지곤 했다. 그래서 그 아이에게 말해주고 싶다. "내가 겪었던 그 여파와 상처들이 너에게는 결코 닿지 않기를." 만약 상처가 아이를 향한다면, 내가 그 모든 아픔을 대신 쓰다듬어 주어서라도 아이의 마음에는 오직 따스한 봄날만 가득하기를 바란다.

지금 당신은 어떤 짐을 지고 살고 있나요? 우리를 짓누르는 것들은 무엇이며, 우리는 무엇을 위해 이 무거운 짐을 견디며 살아가고 있는 것일까요.

"우리가 짊어진 생의 무게가
아이에게는 상처가 아닌
햇살 아래 드리운 옅은 그림자이기를"

소모되지 않기 위한 방법이었을까

이별은 누구에게나 예외 없이 찾아오고, 인간관계에는 '영원'이라는 약속이 존재하지 않는다. 나는 늘 누군가에게 기댄 채 온기를 나누고 싶어 했지만, 그것은 단지 간절한 바람일 뿐이라는 사실을 이미 알고 있었다. 평생 누군가에게 의지한 채, 타인의 감정을 채워주는 정신적인 소모품으로 살아갈 수는 없다는 사실을 나는 아주 오래전부터 직감하고 있었던 것 같다.

"타인의 어깨보다
스스로의 발바닥이
나를 더 오래 지탱한다."

냉동 농도

한 줄의 글로 농축되다. 이 농축된 농도는 과연 나의 깊이를 증명하고 있는 것일까. '언어의 농도'라는 말이 머릿속을 맴돈다. 만약 우리가 서로 나눈 언어의 농도와 온도가 비슷했더라면 세상은 조금 달라졌을까.

꽁꽁 얼어붙은 냉동인간이 언어의 따스한 온기를 만나 냉장실로 옮겨질 수 있었을까. 감정에 냉철하고 냉정한 사람들의 언어는 과연 몇 도일까. 그들은 어떤 마음으로 사람을 대하는 것일까.

한때 나는 '냉동인간'이라 불리기도 했다. 지금은 정반대의 모습이지만, 당시에는 냉동고에서 갓 나온 것처럼 차갑다는 이야기를 듣곤 했다. 언어의 농도는 결국 사람과 사람 사이의 체온이 더해질 때 비로소 짙어지는 것일까.

나는 여전히 차가운 인간일까, 아니면 그 반대가 되었을까. 내가 마주한 새로운 나는 단 한 명이 아니었다. 내 안엔 여러 명의 내가 존재하고, 나는 여전히 나의 진정한 정체성을 찾아 헤맨다. 현실의 거친 풍파 속에서 나는 농축되었고, 다시금 냉동인간이 되어간다.

"얼어붙은 침묵 속에서도
진심은 완전히 사라지지 않는다.
누군가의 온기가 닿는 순간
나는 다시 냉동인간에서 벗어나
말을 시작한다."

거리의 성숙함

호주 친구와 대화하며 마음속에 깊이 남은 말이 있다. 사람을 만날 때 굳이 애써 맞추거나 처음부터 너무 많은 것을 인내할 필요는 없다는 조언이었다. 옷을 입어보듯 사람도 만나는 과정일 뿐이며, 사이즈가 맞지 않는 옷을 억지로 입고 있을 필요가 없다는 비유가 이상하리만치 정확하게 다가왔다.

친구는 말했다. 처음 만날 때부터 술, 담배, 여행, 가치관처럼 내가 중요하게 여기는 것들을 분명히 밝혀도 된다고. 그것을 받아들일 수 없는 사람이라면 굳이 소중한 시간을 들여 관계를 이어갈 필요가 없다는 것이다.

그 말이 큰 위로가 된 이유는, 내가 그동안 수많은 관계에서 늘 '참는 쪽', '이해하는 쪽', '맞추는 쪽'이었기 때문이다. 어쩌면 나는 사람을 잃는 것이 두려워 내 기준을 항상 뒤로 미뤄왔는지도 모른다.

신기하게도 그 호주 친구는 나에게 나이나 직업, 과거를 캐묻지 않았다. 그저 어디서 왔는지만 물었을 뿐, 그 이후의 이야기는 내가 먼저 입을 열 때까지 묵묵히 기다려 주었다. 그 태도에서 나는 진정한 성숙함을 느꼈다. 알고 싶더라도 함부로 침범하지 않는 적절한 거리감.

그 대화를 통해 깨달았다. 누군가를 만나야 한다면 단지 외로움을 채우기 위해서가 아니라, 내 삶의 방식을 존중해 주는 사람과 함께여야 한다는 것을. 곁에 아무도 없다는 사실이 나를 외롭게 할 수는 있지만, 그렇다고 타인이 그 외로움을 완벽히 해결해 줄 수도 없다.

그래서 이제 나는 사람을 쉽게 붙잡지 않기로 했다. 맞지 않으면 조용히 내려놓을 수도 있다. 그것은 결코 실패나 냉정함이 아니라, 나 자신을 지키기 위한 가장 성숙한 선택임을 이제는 안다.

"타인의 영토를 함부로 침범하지 않는 조심스러운 거리감이야말로, 인간이 서로에게 보여줄 수 있는 가장 고결한 예의다."

환상의 이면

나는 늘 환상이라는 또 다른 언어를 그려왔다. 그것이 현실에서 일어나지 않을 일임을 누구보다 잘 알고 있었지만, 내게 환상은 살아가기 위한 절실한 수단이었다. 살기 위해 발버둥 치던 내가 도달한 곳, 그곳이 바로 환상 속의 나였다.

겉과 속이 다른 사람들, 보여주는 삶과 실제 삶의 간극을 익히 알고 있었기에 그 비정한 현실조차 나에게는 하나의 환상처럼 느껴졌다. 환상은 내게 도박이나 마약 같은 것이 아니었다. 그저 내면의 자유를 얻고 싶다는 열망이 만들어낸 하나의 해방구였을지 모른다.

화려한 삶 뒤에 가려진 현실은 무엇일까. 나는 이제 그 삶을 함부로 판단하지 않는다. 나쁘지 않다고 생각한다. 본인의 욕구가 그것으로 해소될 수만 있다면 말이다. 여행, 자유, 사람, 성취 그 화려한 풍경의 이면에는 늘 불안과 고독이 도사리고 있다. 누구나 그 해소되지 않는 욕망을 달래며 살아가는 법이다.

언젠가부터 나는 타인의 화려한 삶을 부러워하지 않게 되었다. 충동적인 소비나 소모적인 행동을 부정적으로 바라보는 시선도 거두었다. 모든 행동에는 저마다의 이유가 있음을 깨달았기 때문이다. 환상 속의 나는 여전히 지키지 못한 것들을 잃지 않은 채, 굳이 미래를 내다보지 않아도 되는 자유를 누린다. 그래서 나는 이 커다란 환상의 세계에서 쉽게 걸어 나오지 못하고 있다.

"환상은 도망이 아니라
내가 무너지지 않기 위해
스스로에게 지어준 좁은 방 한 칸이었다."

내가 바람이었다면

솔바람이 분다. 이 바람이 내게 잠시 머문다면, 나는 민들레 홀씨가 되어 온 세상을 아름다운 꽃들로 물들이고 싶다. 바람길이 때로는 험난하고 고통스러울지라도 결코 포기하지 않으리라. 나이 탓을 하며 주춤거리는 것은 비겁한 변명일 뿐이다. 계절에 따라 바람의 성질은 변할지언정 그 본질은 변함이 없기 때문이다.

겨우내 움츠렸던 꽃들이 가슴을 펴고 생명을 준비하듯, 나 역시 불편한 시선에 억눌린 마음을 열고 싶다. 따뜻한 손길이 필요한 할아버지, 할머니의 거친 손등 위로 부드러운 간들바람이 되어 '사랑의 배달부'가 되고 싶다.

무더운 여름날, 땀에 젖은 농부의 목수건 사이로 산들바람이 불어올 때 막걸리 한 사발의 여유를 만끽하듯, 세상살이가 배신과 사기로 얼룩질지라도 시련 뒤에 올 성숙함을 기대해 본다. 우리는 바람의 종착지를 알 수 없지만, 중간 기착지에서 사랑과 이별, 기쁨과 슬픔을 돌아볼 수 있다. 바람이 된다는 것은 결국 세상의 모든 것을 수용한다는 의미일 것이다.

나는 때로 거친 공기를 내뿜는 회오리바람이 되기도 하고, 사람들이 눈치채지 못할 만큼 고요하게 흐르는 잔바람이 되어 자유롭게 살아가고 싶다. 마음이 힘들 때는 날카로운 칼바람이 불어오지만, 편안할 때는 어깨춤이 절로 나는 어깻바람으로, 기쁠 때는 궁둥잇바람으로 내 안에 머문다.

사막의 모래바람 속에서도 생명은 이어지듯, 오늘의 시련은 단지 성장을 위한 진통일 뿐이다. 인생은 변화무쌍한 바람과 같지만, 그 속에서 열매를 맺게 하는 행복이 있기에 삶은 숨을 쉬어간다. 바람은 결코 서로 만날 수 없으나, 새싹에게는 생기를, 농부에게는 휴식을, 오염된 세상에는 채찍질을 하며 제 역할을 다한다.

꽃씨들이 모여 숲을 이루듯, 서로 다른 우리가 모여 '우리'라는 세계를 만든다. 내가 바람이라면, 삶의 터전을 잃은 이들과 가난과 질병에 신음하는 이들에게 축복의 갈바람을 전하리라. 증오와 이기심, 남 탓하는 마음들은 매서운 손돌바람에 실어 멀리 날려 보내리라. 내가 바람이라면

.

.

.

.

.

"내가 바람이라면
가장 낮은 곳으로 불어가
조용히 어루만지는 존재가 되고 싶다.
바람은 머물지 않기에
더 많은 것을 만진다."

미궁 속의 허기

오랜 시간 심리 상담을 이어왔다. 이제 나의 내면은 미궁이라 할 것도 없이 평화로워졌고, 나는 그 평온함에 차츰 적응해 가고 있었다. 과거에는 내 상황을 어떤 글로도 설명할 수 없을 만큼 혼란스럽고 괴로웠지만, 이제는 그런 격한 고통조차 희미해졌다.

그런데 내가 존재한다는 사실만으로도 문득 깊은 허기가 밀려왔다. 이것은 과연 어떤 종류의 허기였을까. 혹시 나의 무의식이 다시금 자유롭게 숨 쉬고 싶다고 보내는 신호는 아니었을까. 더 이상 아프고 싶지 않았지만 상처의 흔적은 여전히 남았다. 기억들은 끈질기게 나를 따라붙었고, 그럴수록 내 마음의 방화벽은 더욱 견고해졌다.

가끔은 한쪽 구석에 결집해 있던 감정들이 나를 건드리기도 하지만, 이제는 별일 아닌 듯 넘길 수 있다. 내가 겪은 일들은 누구에게나 일어날 수 있는 일이며, 이미 누군가 겪어낸 시간이기 때문이다. 불안한 심리 상태를 바꾸려 부단히 노력했고, 바뀌고 싶지 않은 마음 한 자락은 고립시켜 두기도 했다. 다른 호기심으로 당장의 허기를 잠재웠지만, 그 허기는 언제든 다시금 고개를 들 것이다. 삶에 대한 증오와 분노, 그리고 근원적인 궁금함은 늘 제자리로 돌아오기 마련이니까.

"충분히 채워지지 않는 허기는 내가 아직 살아있다는 증거이며, 결핍이 아니라 앞으로 나아가는 몸의 감각이다."

도망

다음 생이 있다면
나는 가장 멀리 날 수 있는 새가 되고 싶다.
절벽에서 떨어지는 새는 비상이라 부르고,
사람이 떨어지면 추락이라 부른다.
그 경계에서
나는 자주 도망을 꿈꾼다.
어디까지가 비상이고
어디부터가 추락인지
알 수 없는 채로.

"도망치고 싶다는 마음은
어쩌면
더 잘 살고 싶다는 고백이다."

말의 힘

말의 속성은 여러 갈래의 속살을 지닌다. 나는 누군가의 말 한마디에 폭삭 시들어버리기도 했고, 마음은 자꾸만 메말라갔다. 하지만 말은 결코 죽지 않는다. 오히려 상처라는 씨앗이 되어 계속해서 살아난다.

말은 그 사람의 인격을 여과 없이 드러낸다. 우아한 사람은 함부로 말을 던지지 않는다. 한 번 입 밖으로 나온 말은 사라지지 않고 머릿속을 떠다닌다. 당사자는 그 기억을 잊지 못해 고통스러워하는데, 정작 말을 뱉은 이는 별일 아닌 듯 치부해 버리곤 한다. 생각이 짧아 툭 던진 말이 상대에게 비수가 되어 박히는 것이다.

그래서 요즘 나는 말수를 줄인다. 말을 줄이면 상대의 이야기를 더 깊이 경청하게 되고, 타인에게서 배울 수 있는 여지가 많아진다. 많이 말하는 것보다 적게 말하는 것이 오히려 더 좋은 인상을 남기기도 한다.

얼마 전 들었던 충격적인 말 한마디가 여전히 뇌리에 각인되어 있다. 그럴 의도가 없었다 하더라도 상처는 똑같이 남는다. 화가 나면 상대가 받을 고통을 외면한 채 감정을 쏟아붓지만, 지나고 나면 그것이 얼마나 큰 잘못이었는지 뒤늦게 후회하게 된다.

말은 카멜레온처럼 상황에 따라 다르게 들린다. 비극이 되기도 하고 환상이 되기도 한다. 말에는 그 사람의 삶의 내공과 무게가 실려 있다. 보이지 않지만, 말은 그 사람의 전부를 보여준다.

"내게 가장 날카로운 상처는 칼이 아니라 누군가가 내게 생각 없이 던진 한마디였다."

몽땅 연필

연필을 잡았다. 어수선하고 마음 한구석이 허전한 날이었다. 식은 땀과 함께 오래된 연필 향을 맡았다. 글이라 하면 연필을 먼저 떠 올려야 마땅하건만, 이제는 연필보다 휴대폰이 더 익숙하다. 휴대 폰으로 줄곧 글을 써왔지만, 연필 또한 우리 몸처럼 살아 움직이 는 생명력을 지녔다. 뾰족한 연필이 내게 글을 써달라 말을 거는 것 같았다. 쓰고 지우기를 반복하는 사이 연필은 점점 몽땅해졌 고, 그 생동감은 연필을 사람처럼 느끼게 했다.

몽땅하고 펑퍼짐한 연필을 보니 어린 시절의 기억이 불쑥 고개를 든다. 작은 키에 펑퍼짐한 몸매 때문에 친구들에게 놀림을 받았던 시절. 그럴 때마다 나는 연필을 꽉 쥐었다. 몽땅한 연필로 사각사 각 글을 써 내려가며, 내 안의 수많은 이야기를 종이 위에 쏟아부 었다.

"몽땅한 연필을 쥐고
나는 오래도록 글을 썼다.
그때의 키도, 몸도,
지금은 모두 지나간 모양이다."

58 부디 바람처럼 자유롭기를

꼬맹이의 일기장

아무런 방향 없이 몸을 던지니, 어느덧 비행기에 탑승해 있었다. 글감을 예고하는 듯한 기운이 스멀스멀 피어올랐다. 낯선 길 위에서 바다 냄새를 맡으며 발걸음을 재촉했다. 다시는 돌아오지 않을 이 시간을 가슴 속에 깊이 각인시킨다. 어디선가 일정한 운율이 들려왔고, 나는 그 운율을 찾기 위해 다시 글을 쓴다.

길을 걷다 눈으로 풍경을 그리며 오래전 꼬맹이였던 시절을 떠올려본다. 소심하고 적극적이지 못해 답답하다는 소리를 수도 없이 들었던 아이. 추억의 빨대를 깊게 들이켜니 나는 어느새 그 시절로 돌아가 있었다. 초등학생 때 매일 일기 숙제를 하던 기억. 그 일기장들은 이제 한 권의 책이 되어 나의 역사를 증명한다.

그 속에는 수많은 시련과 곪아 터진 감정들이 가득했다. 쓰고 지우기를 반복하다 보면 엉킨 감정들이 조금씩 풀리기도 했다. 비밀

스러운 나의 속마음을 선생님이 검사할 때면 자꾸만 몸이 움츠러들곤 했다. 일기장을 쓴다는 것은 내 삶의 흔적을 새기는 신성한 작업이다. 나만 볼 수 있기에 가장 솔직한 감정을 고스란히 담아낼 수 있다. 일기장을 한 장씩 넘길 때마다 나는 과거의 나를 지켜보는 구경꾼이 된다. 그때의 나와 지금의 나는 같은 사람이지만 때로는 낯설게 느껴진다. 5년 뒤, 10년 뒤의 일기장에는 어떤 이야기가 담겨 있을까.

"부끄럽던 문장들이
나를 여기까지 데려왔다."

정제된 마음 속

세찬 바람이 윙윙거리는 길 위를 당당하게 걷는다. 해맑은 미소를 지으며 버스정류장에서 고개를 내민다. 종종걸음으로 추위를 녹이며 버스를 기다리는 길. 새하얀 겨울 풍경 사이로 발걸음을 옮긴다. 마음 한구석이 시린 것을 보니 아마 겨울바람이 내 마음속까지 불어온 모양이다.

문득 내 마음에게 안부를 물었다. "자네의 안부는 어떠한가? 혹시 마음이 시린가?" 겉으로는 미소를 짓고 있었지만 속마음은 차분히 대답했다. 내 마음에는 아주 오래전부터 씻기지 않은 상처가 남아 있었다. 그 아픈 시간들 속에서 걸어 나오지 않으면 고통은 멈추지 않을 것이다. 정제되어 있던 내 마음속 상처들이 아지랑이처럼 조금씩 밖으로 나오기를 바란다. 이제 다가오는 버스에 몸을 싣고, 나는 새로운 여정을 시작한다.

"우리는 모두
각자의 정류장에서
잠시 서 있다."

62 부디 바람처럼 자유롭기를

별의 수

별을 보았네
밤에 별을 보러 떠났을까
하늘에는
수많은 별들로 수놓아져 있을런지
그러리 할런지
별을 보며 사랑앓이를 할런지
막둥이 별과 밤새도록 수놓아볼까

"수많은 별들 사이에서,
당신이라는 수는
어디에 놓아져 있을까"

글의 탄생석

글을 쓸 때 첫 문장은 무엇보다 중요하다. 첫 문장에 따라 독자가 끝까지 읽을지가 결정되기 때문이다. 모든 작가는 첫 문장 앞에서 고뇌한다. 전하고자 하는 핵심을 처음에 던질 수도, 마지막에 여운으로 남길 수도 있지만, 무엇보다 궁금증을 자아내는 문장이어야 한다. 그렇지 않으면 독자의 시선은 금방 다른 곳으로 향하고 만다.

글과 글 사이에는 적당한 여백이 필요하다. 빈틈없이 빽빽한 문장은 독자를 답답하게 만든다. 이전 문장과 다음 문장이 물 흐르듯 이어져야 한다. 나는 글을 쓰기 전 주문을 건다. '재미있고 의미 있는 글을 탄생시켜주세요.' 무의식적으로 글을 쏟아내는 날이면 나도 모르게 내면의 의식이 깨어난다.

'신이여 말하소서, 저에게 주문을 걸어주시고 날개를 달아주소

서.'

그러면 신은 내게 응답한다. "너에게 '글감'이라는 날개를 주마."
나의 글이 어디로 향할지는 알 수 없다. 하지만 글을 쓰면 쓸수록
나는 비로소 나다워진다. 억눌렸던 스트레스가 풀리고, 나의 이야
기는 계속해서 이어진다.

"막막한 백지 위에 첫 문장을 딛는 순간,
이야기는 조용히 태어난다."

어디로 가야 합니까?

버스에 올라타 글자를 두드린다. 복잡한 속내를 문장에 담는다. 학생 시절, 혼자 버스를 타고 목적지 없이 왔다 갔다 하던 시간들이 참 좋았다. 오롯이 나 자신과 소통할 수 있었던 시간이었기 때문이다. 지금도 답답한 마음이 가시지 않을 때면 글을 쓴다. "나는 대체 어디로 가야 합니까?"

나에게 글을 쓰는 행위는 술을 마시는 것과 같다. 고통을 잊기 위해, 아픔을 삼키기 위해 글이라는 술을 한 잔 들이켜는 것이다. 힘들었던 기억들을 문장에 적어 내려가면 신기하게도 아픔이 조금씩 사그라든다. 또렷했던 고통의 잔상들이 글 속으로 가라앉는 것이 나에겐 구원과도 같다. 오래전 써둔 글을 읽으면 부끄러울 때도 있지만, 당시의 내가 어떤 마음이었는지 확인할 수 있어 소중하다.

누군가 나를 위로해 주길 바라는 마음도 있지만, 아직은 혼자일 시간이 더 필요한 것 같다. 완전히 독립적인 인간이 되어 홀로 설 수 있을 때, 그때 곁에 진실한 친구가 있었으면 좋겠다. 내 마음 깊은 곳의 상처가 정확히 무엇인지는 몰라도, 타인의 상처가 어떤 모양인지는 짐작할 수 있다. 나는 그런 아픈 상처들을 위로하고 해석해 주는 작가가 되고 싶다. 차갑게 얼어붙은 누군가의 마음을 따스하게 녹여주는 글을 쓰고 싶다.

"목적지를 모른 채 흔들리는 버스 안에서도
나는 글을 멈추지 않는다."

사막의 도피

새로운 비행선이 사막을 가로질러 비행했다. 그것은 도망을 위한 비행이었다. 사막의 험난한 고비를 넘기지 못하고 비행선은 추락했고, 그들은 사막 위에서 들려오는 환상적인 소식을 따라갔다. 어쩌면 아무것도 없는 사막이야말로 도피하기엔 최적의 장소였을지 모른다.

괴물들이 턱끝까지 추격해오는 긴박한 상황에서 그들은 우리 집단과 마주쳤다.
"괴물들이 쫓아오고 있어요. 곧 거대한 전쟁이 일어날 겁니다."
"왜 하필 사막으로 도망치셨나요? 다른 곳도 많았을 텐데."

그들은 대답했다.
"사막은 습한 환경을 극도로 싫어하는 괴물들에게는 최악의 장소입니다. 우리는 그 약점을 꿰뚫고 여기로 왔습니다. 그들이 침입하는 즉시 전쟁을 끝낼 계획입니다. 당신도 우리와 함께 싸우겠습니까?"

우리는 투쟁하기로 했다. 전쟁을 앞두고 화살과 총을 챙기며 나는 생각했다. 우리는 그동안 끊임없이 피하고 휩쓸리며 도망쳐왔다. 하지만 이제는 정면으로 마주하려 한다. 이기고 지는 것은 중요하지 않다. 도망치지 않고 맞서겠다는 그 굳은 마음이 본질이다.

"도피는 방향을 잃는 길이 아니라, 방향을 선택하는 길이었다."

미완결

글의 주체는 오직 나 자신이다. 글에서 가장 중요한 것은 전하고자 하는 목적이다. 그 목적이 분명하지 않다면 글을 쓰는 의미 또한 희미해질 것이다.

누군가는 글의 결론부터 찾으려 하겠지만, 나는 글을 쓰며 내 안의 억눌린 심정을 쏟아내는 것에 더 큰 의미를 둔다. 그래서 어쩌면 목적 전달이 더 선명했던 어린 시절의 글이 그리울 때도 있다. 하지만 나는 문장이 술술 읽힐 때까지 멈추지 않고 쓴다. 글쓰기는 나에게 단순한 작업이 아니라 삶 그 자체이기 때문이다.

일단 쓰고 본다. 그리고 고칠 점을 찾아 다시 다듬고 고치기를 반복한다. 그렇게 미완의 글은 서서히 완결된 모습으로 변해간다. 글 속의 주인공이 나 자신인 것처럼, 나 역시 내 인생의 주인공으로 살아가고 싶다. 삶이 글처럼 술술 풀린다면 좋겠지만, 그렇지 않더라도 나는 쓰고 또 쓸 것이다.

미완결은 종착을 향해, 가는 길이다. 아직 마침표를 찍지 못했다
는 것은 더 아름다운 문장을 이어갈 기회가 남아있다는 뜻이니,
미완의 오늘을 사랑하며 나는 나의 인생을 계속해서 적어 내려간
다.

"나는 아직 문장 속에 있다."

시간을 정체한다는 것

어디론가 떠나고 싶다는 생각이 스친 순간, 나는 어느덧 비행기 안에서 풍경을 감상하고 있었다. 낯선 곳으로 향하는 설렘이 나를 여기까지 이끌었다. 본래 소심한 탓에 말을 잘 하지 못했으나, 여행지의 자유로운 분위기는 내 안의 활기찬 나를 일깨워주었다.

많은 이들과 교류하며 또 다른 나의 모습을 발견할 수 있었다. 함께해 준 모든 시간과 인연에 감사한다. 시간은 돈보다 가치 있고 결코 되돌릴 수 없는 것이다. 나의 소중한 인연들에게 앞으로 좋은 일만 가득하기를 기원한다.

내가 좋아하는 문장이 있다. "바람은 목적지가 없는 배를 밀어주지 않는다." 나의 별명은 '바람'이다. 이끄는 대로, 몸이 향하는 대로 떠도는 자유로운 영혼이다. 수많은 사람 중 우리가 만난 것은 분명 소중한 인연이다. 나는 이곳의 문화에 자연스럽게 동화된 내 모습에 놀라곤 한다. 시간은 물처럼 흘러가지만, 나는 글을 쓰기 위해 이 시간을 잠시 멈춰 세웠다.

스쳐 지나가는 모든 인연이 소중하다. 내 인생의 스토리에 들어온 이들은 저마다의 가치를 지닌 존재들이다. 인연이라면 다시 만날 것이고, 아니면 흘러갈 뿐이다. 이제 인연을 대하는 나의 태도는 한층 유연해졌다. 국가도, 시계의 속도도 다른 사람들이지만 다름을 인정하는 순간 우리는 하나가 된다. 눈을 감고 저무는 달과 별, 미소 짓는 무지개를 상상한다. 이 정체된 시간 속에서 나는 선명한 행복을 느낀다. 나이가 든다는 것은 시들어가는 것이 아니라 익어가는 것이다. 한국으로 향하는 비행기 안에서, 나는 나의 종착지를 마주하며 이 글을 마친다.

"의도적으로 정체한 시간이었기에, 그 순간의 나는 더 선명해졌다."

2부

날개가 날기까지

날개가 날기까지

날개를 가지고 싶었다. 날개가 돋을 거라 믿으며 셀 수 없이 날갯짓을 반복했다. 타인은 결코 알지 못할 만큼 내면의 해방 속으로 깊이 침잠하다 보면, 어쩌면 나는 환상을 보고 있었던 것인지도 모른다. 그 속에서 진정한 해방의 순간이 오리라 굳게 믿었다.

하지만 날개가 돋는 순간, 수천 번의 날갯짓 끝에 찾아온 것은 기대하던 해방이 아니었다. 대신 새로운 삶의 패턴이 움직이기 시작했다. 다시 버텨야 하는 순간들이 예고 없이 들이닥친 것이었다.

생각지도 못한 운명 속에서 나는 정말 새로이 시작된 것일까. 화려한 세상 속에서 보이지 않는 투명한 인간으로 남겨진 채, 파면된 듯한 나의 모습 앞에는 오직 차가운 실상만이 남았다.

그러나 그 새로운 삶은 또 다른 나의 여정이었다. 이전의 삶에서는 도무지 보이지 않던 것들이 그제야 보이기 시작했고, 나는 결국 날 수 있게 되었다. 공교롭게도, 수없는 날갯짓을 멈추지 않으면서 말이다.

"나는 날기 위해, 먼저 몸을 던졌다."

온전한 정체성

"의사 선생님, 어디가 저의 온전한 정체성일까요? 저는 여러 정체성을 가지고 있어요. 마치 인격이 여러 개인 것만 같은데, 그래도 정말 아무 문제가 없는 걸까요? 주변에서도 저를 이상하게 봐요."

나의 물음에 선생님은 담담히 대답하셨다.
"의사인 저도 마찬가지입니다. 그것은 병이 아닙니다. 모든 인간은 저마다 여러 가지 정체성을 품고 살아가죠. 부끄러워할 것도, 두려워할 것도 아닙니다. 그것들은 누구에게나 존재하며 서로 공존하는 것입니다."

그제야 나는 그렇게 이해하기로 했다. 나는 이상한 존재가 아니라, 하나의 틀에 갇힌 정체성이 아닌 여러 개의 인격과 정체성이 겹쳐진 입체적인 사람이라는 것을. 이 깨달음으로 오늘의 대화를 종결해보려 한다. 그래도 되겠는가.

"본인을 믿으세요. 누구도 당신을 믿지 않아도, 스스로를 이해하고 사랑해주세요."
이것이 지금의 나에게 주어진 숙제다.

"눈을 감았다 뜨면,
나는 나 자신을 찾을 수 있을까."

살아가는 것

사람은 저마다 마음 한켠에 불완전함을 지니고 있지 않은지 생각해보았다. 모두가 완전해 보이지만 그 속엔 저마다의 결핍이 있다. 심지가 강한 사람은 그 불완전함을 견디는 힘이 더 단단하여, 그것을 이겨내고자 부단히 노력하며 살아가는 것이 아닐까 싶었다.

적절한 시기였다고 해야 할까. 현재 많이 약해져 있는 상황에서 이 책을 만나게 된 것은 나에게 적지 않은 위로가 되었고, 다시금 견뎌낼 의지를 북돋아 주었다. 그동안 나의 불완전함을 이겨내려 애쓰며 살아왔건만, 요즘의 나는 그 싸움에 지쳐가고 있었다. 나에게 이 책은 단순한 힐링을 넘어, 한 번 더 마음을 다잡게 해주는 지표와도 같았다.

불완전한 순간에 나를 지탱해주는 것이 무엇인지는 아직 명확히 모르겠지만, 소설 속 주인공에게 그것은 '사랑'이었다고 생각한다. 나오코의 무너짐과 죽음으로 인해 주인공이 깊은 수렁으로 떨어졌을 때, 결국 미도리라는 사랑의 줄을 잡고 다시 일어섰으니까.

세상을 살아가며 우리는 수많은 관계를 맺고 영향을 주고받는다. 주인공을 스쳐 지나간 인연들은 크고 작은 흔적을 남기며 마지막에 이르러 주인공의 자아를 완성시켰다. 이야기가 끝난 후 주인공이 어떻게 살아가고 있을지는 알 수 없지만, 미도리와 함께 행복하기를, 나오코의 몫만큼 충만하기를 바란다. 끝까지 자기 자신을 놓지 않은 와타나베가 참으로 기특하다.

"불완전함을 이기고 살아간다는 건, 결국 불안정을 인정하는 것 아닐까."

사계절이 가기까지

무척 오랜만에 글을 쓴다. 덥디더운 여름이 지나가고 어느새 가을
이 왔다. 뜨거운 계절 속에서 우리는 울고 다투고 웃으며 참으로
많은 날을 겪어 왔다. 시간은 다시 돌아오지 않기에 우리가 함께
했던 그 모든 시간에 감사했다.

어쩌다 보니 이름을 개명하게 되었고, 마음에 드는 이름을 찾아
이곳저곳을 다니며 누군가와 함께했다는 사실이 이제 와서는 더
욱 선명한 기억으로 남았다. 어딜 가든 늘 붙어 있었고 곁에 있는
순간이 많았기에, 더 많이 다투고 또 화해했다.

나도 모르게 배어있는 나의 습관과 성향, 취향이 드러날 때면 의
도치 않게 상대가 실망하기도 했다. 그것이 본연의 내 모습인 것은
맞지만, 조금씩 바뀌어 가려는 나의 진심만큼은 알아주기를 바랐
다. 내 마음이 닿기를, 간절히 닿기를 원했다.

모든 순간에 진심이 아니었던 적은 없었다. 함께한 시간들, 이미 지나가 버린 시간들까지 나는 그 모든 것을 온전히 껴안고 싶었다. 사람을 좋아하는 데 항상 이유가 필요한 건 아니다. 무엇 때문이 아니라, 그 사람 자체로 마음이 향하는 경우가 있으니까. 그저 같이 있고 옆에 머무는 시간들이 좋았다.

그래서 나의 감정 기복이 상대에게 상처가 되지 않기를 바랐다. 나 역시 더 깊이 생각하고 천천히 행동하고 싶다. 가라앉아 있던 내가 다시 깨어나고 싶다. 누군가의 희미한 잔상으로만 기억되고 싶지는 않다. 바람이 있다면, 타인에게 상처 주는 사람이 아닌 조금 더 바다 같은 사람이 되는 것이다. 건조한 사막이 푸른 바다가 될 수 있도록, 그런 변화가 나에게 찾아오기를.

내 마음이 닿았을 때쯤, 상대의 마음에도 닿았을까

"사랑은 서로의 모난 습관을 깎아내는 통증을 견디며,
각자의 사막 위에 푸른 바다를 조금씩 길어 올리는 일이다."

3부
지금까지의 해방일기

자유의지

어느 날 자유에 대한 의문이 머릿속을 스쳤다. 그 의문은 이내 머릿속 깊이 스며들었다. 꼭 '자유'를 손에 넣어야만 진정으로 자유로울 수 있는 걸까? 어쩌면 자유롭고 싶다는 그 욕구조차 가볍게 놓아줄 수 있을 때, 우리는 비로소 자유에 닿는 것일지도 모른다. 때로는 무언가에 구속되어 있을 때 오히려 역설적인 자유를 느낀다. 끊임없는 단련 속에서 나는 내 안의 욕심과 욕망을 내려놓는다. 욕심은 결국 자신을 갉아먹을 뿐이니깐. 그득히 차오른 속을 비워내며 나는 해탈의 경지를 꿈꾼다. 마음을 비울 때 진정한 자유가 찾아온다는 말을 믿으며, 나는 나에서 벗어났다.

"자유는 소유하는 상태가 아니라, 나를 붙잡고 있던 욕망의 손아귀를 기꺼이 놓아주는 비움의 순간, 그때 자유는 내 안에서 머문다."

365 발아중

바람이 되고 싶다는 바람을 자주 품었다. 나는 언제나 바람처럼 방황하는 존재였고, 늘 발아를 꿈꾸는 씨앗이었다. 전생의 나는 혹시 이름 모를 방랑가였을까. 숱한 나라와 도시를 여행했지만, 나는 여전히 더 자유로운 영혼을 꿈꾼다. 누군가는 묻는다. 왜 이 토록 방랑을 멈추지 않느냐고.

하지만 나이는 본질이 아니다. 어리더라도 삶을 대하는 태도가 능숙하다면 충분하고, 나이가 들어도 청춘처럼 산다면 그 또한 충분하다. 나이 탓은 비겁한 변명일 뿐이다. 나는 변명 없이 스스로에게 당당한 사람이 되고 싶다.

그래서 다시 바람을 꿈꾼다. 바람에게는 정해진 도착지는 없지만, 스쳐 가는 길목은 있다. 나는 그 길목에서 잠시 쉬어가며 만나는 인연들에 다가간다. 스쳐 가는 인연도, 다가오는 인연도 모두 바람처럼 맞이한다. 바람이 된다는 것은 세상을 수용하는 일이다.

때로는 칼바람으로, 때로는 무겁거나 가벼운 숨결로 변주하며 나는 오늘도 바람으로 살아간다. 바람은 피부 깊숙이 파고들어 삶의 고단함을 일깨운다. 쓰린 살결을 어루만지며 다시 묻는다. 바람의 진정한 도착지는 어디일까.

"정착하지 못하는 방황이 아니라 어디로든 흐를 수 있는 유연함이기에, 바람의 여정에는 결코 마침표가 필요 없다."

마침내 자유롭기를 바람

삶의 끝에서 인간이 궁극적으로 갈망하는 것은, 어쩌면 완전한
자유일지 모른다.
마침내 자유롭기를
바람처럼

"갈증의 끝에 마주하는 것은
결코 마르지 않는 샘물이 아니라,
스스로가 바다였음을
깨달았을 때였다."

실망시켜드려 죄송하지만

'실망'이라는 단어를 어떻게 생각하시나요? 타인을 실망시키는 과정은 역설적으로 타인으로부터 내가 자유로워지는 과정이기도 합니다. 고유한 정체성을 지키며 나만의 인생을 산다는 것은 언제나 명확한 경계를 긋는 일에서 시작됩니다.

나를 부모의 기대에 억지로 맞추거나, 반대로 무조건 반항하기만 한다면 나는 여전히 부모라는 틀 안에 갇혀 있는 셈입니다. 그것은 아직 나의 고유한 목소리를 찾지 못한 상태입니다. 순응하든 투쟁하든, 그 틀을 벗어나지 못한다면 결국 의존적인 관계에 머물 수밖에 없습니다.

부모와 자식이라는 역할을 넘어 한 인간으로서 진정한 관계를 정립해야 합니다. 정체성을 찾기 위해서는 적절한 거리를 유지하며 경계를 긋는 연습이 필요합니다. 때로는 부모를 '잘' 실망시키는 기술이, 나를 나로서 존재하게 하는 필수적인 용기입니다.

해방일기

일주일 뒤, 나는 외딴섬에서 비로소 해방되었다. 예정은 늘 예상일 뿐이지만, 나는 미리 그 시간을 정해두었다.

그 섬에 거주하는 사람은 오직 나였다. 아무도 없는 넓은 모래사장 위에서 나는 단어들을 적었다. 내가 가장 소중히 여기는 가치들에 대해 글을 적었다. 파도에 씻겨 사라지는 글귀들 사이에서 나는 나의 미래를 보고 있었다.

걷고, 달리고, 쓰고, 다시 지우며 나는 나 자신을 온전한 해방의 공간 속에 밀어 넣었다.

"파도가 문장을 지우는 것은 허무가 아니라, 내일의 내가 다시 시작할 수 있도록 마음의 지표면을 깨끗이 닦아내는 축복이었다."

이방인

외로움을 타면서도 그 외로움을 달래려 애쓰고, 동시에 다시 고독해지고 싶어 하는 마음은 참으로 모순적이다. 그러나 외로움은 극복해야 할 대상이 아니라, 삶에 저절로 따라오는 그림자 같은 것이다. 외로움이 있기에 우리는 함께하는 시간의 가치를 알게 된다.

이방인에게 고독은 피할 수 없는 숙명이다. 어쩌면 나는 그 고독이 주는 신선함을 느끼고 싶어 길을 떠나는지도 모른다.

"낯선 길 위에서 느끼는 서늘한 고독은 타인의 시선에 가려져 있던 나의 진짜 얼굴을 마주하게 하는 가장 정직한 거울이다."

다른 이름

나의 성장기는 여전히 현재 진행형입니다. 사춘기를 지나서도 성장은 멈추지 않습니다. 성장이 끝난다는 것은 어쩌면 영원한 사춘기를 의미할지도 모릅니다.

나는 여전히 변화를 꿈꾸고 새로움을 쫓습니다. 생소하고 두려운 것들에 끊임없이 직면하려 애쓰는 이유는, 두려움을 정면으로 마주할 때 비로소 그 공포로부터 자유로워질 수 있기 때문입니다. 그것이 나를 더 깊이 사랑하는 길입니다. 성장의 또 다른 이름은 바로 자유입니다.

방랑자의 용기

생각을 행동으로 옮기는 일에는 용기가 필요하다. 고민과 두려움을 딛고 한 걸음을 내딛는 순간, 나는 나를 더 믿게 된다. 자신의 임계점에 도달했을 때 그 선을 뛰어넘는 일은 결국 나를 지키는 선택이었다. 때로는 깊이 고민하기보다 먼저 저지르고 나서 해결해 왔다. 점검이 길어지면 실수는 줄겠지만, 그만큼 세상을 향한 보폭은 좁아진다. 나는 좁아지는 대신 움직이기를 택했다.

자유는 누구에게나 주어지지만, 그것을 누리는 태도는 다르다. 공간에 갇혀 있어도 생각이 갇히지 않는다면 나는 여전히 자유롭다. 나는 더 나다운 자유를 누리며 살기로 마음먹었다. 내 마음의 밭은 여전히 나를 길 위로 밀어낸다.

"용기는 두려움이 없는 상태가 아니다. 두려움에도 불구하고 발을 내딛는 의지다. 그 발자국들이 모여 비로소 자유라는 길이 만들어진다."

보름

고요가 아늑하게 내려앉은 새벽녘, 아낙네들이 한집에 모여 앉는다. 보름이 되자 달이 저 멀리서 다가와 허공에 속삭인다.

초승달과 보름달, 두 개의 달이 하늘에서 숨을 고른다. 보름달이 힘차게 날갯짓한다. 그 날갯짓은 우리가 그토록 갈망하던 자유의 형상이었을지도 모른다. 산은 물을 따라 흐르고, 상상은 자유를 향해 끝없이 날아오른다.

"둥글게 차오른 달이 밤하늘을 가로지르듯, 우리 안의 결핍이 채워지는 순간 영혼은 비로소 자유로운 비상을 시작한다."

방랑춤

바다 대신 사막을 유람하는 방랑객들이 주위를 누비고 있었다. 사막의 밤은 쏟아질 듯한 별들로 가득했고, 텐트에 누워 바라보는 별은 손끝에 닿을 듯 부드러웠다.

별들과 함께 방랑춤을 추었다. 사막의 길은 끝과 끝을 알 수 없는 문장 사이의 행간과도 같았다. 메마른 땅 위에서 나는 노트북을 켜고 글을 적어 내려갔다. 도보 여행의 끝에서 마주한 결핍과 배고픔조차 이 여정의 일부였다. 사막행의 진정한 끝은 어디에 있을까.

"발바닥에 닿는 모래의 뜨거움과 눈가에 머무는 별빛의 서늘함 사이에서, 나는 정답이 아닌 나만의 춤을 추는 법을 배웠다."

다락방

에베레스트의 설녀(雪女)는 상처 입은 이의 마음을 포근히 어루만진다. 광활한 몽골 고원의 사막 한복판에서는 칭기즈칸의 호령을 듣는다. 세상이라는 울타리에서 벗어난 산새는 자유를 노래한다. 나는 흘린 눈물로 수를 놓아 나만의 아늑한 안식처를 만든다.

"상처 입은 영혼이 머무는 곳은 지도가 아니라 마음 깊은 곳, 눈물로 빚어낸 고요한 다락방이다.

꼭 죽어야만 다시 태어날 수 있나요

온통 내 몸을 찢고 싶을 만큼 옛 기억이 나를 짓눌렀습니다. 곁에는 도와주는 이 하나 없었고, 살고 싶지도 살아내고 싶지도 않은 채 그저 죽고 싶다는 생각만이 머리를 떠나지 않았습니다. 가정폭력과 왕따, 거식과 폭식을 오가는 정신적인 고통 속에서 내면의 나는 시나브로 죽어가고 있었습니다.

그러나 이대로 살아서는 안 되겠다는 결심이 나를 세차게 깨웠습니다. 서럽지만 살아내기로 마음먹고 찾게 된 길이 바로 '봉사'였습니다.

한부모 가정, 장애인, 아동, 노인, 그리고 동물을 도우며 그들과 연민의 마음을 나누었습니다. 타인의 아픔에 마음을 건네자 신기하게도 나의 정신적 고통이 옅어지기 시작했습니다. 봉사는 나를 긍정하게 했고, 잃어버렸던 자존감을 되찾아 주었습니다.

죽고 싶을 만큼 서러운 이들에게 전하고 싶습니다. 타인의 아픔을 어루만지다 보면, 당신의 슬픔도 조용히 빛을 찾게 될지 모릅니다.

"타인의 상처를 어루만질 때, 내 안의 깨진 조각들도 다시 숨을 쉬기 시작했다."

나의 존재를 읽고 싶어서

나는 마침표를 허락하지 않는 인생을 닮았다.

사막은 인생처럼 끝이 없는 길의 연속이다.

우리는 그저 걷고 또 걷는다. 어디로 가야 할지 묻고, 기울어진 바늘을 따라 묵묵히 발걸음을 옮긴다. 내가 이 끝없는 사막을 걷는 이유는 단 하나, 마침표 없는 길 위에서 오직 나라는 존재를 온전히 읽어내고 싶기 때문이다.

"사막은 나를 잃어버리는 곳이 아니라,
끝없는 여백 속에서
나를 발견하게 하는 광활한 서재다."

눈으로 빚은 글

흩날리는 눈발이 온 세상을 춤추게 한다. 사그라지는 중에도 눈은 쉬지 않고 발걸음을 이어간다. 나는 내가 가는 길 위로 눈을 뭉쳐 한 땀 한 땀 수를 놓으며 읊조린다. 설령 내가 가는 길이 순탄치 않더라도, 내가 딛는 이 모든 발자국이 곧 나의 길이라는 것을.

"차가운 눈발이 세상을 지워도, 내가 내딛는 모든 발자국은 지워지지 않는 선명한 길이 된다."

미지의 글입니다

아무런 방향 없이 몸을 던져 인생이라는 흐름에 탑승한다. 낯선 바닷길을 재촉해 걸으며 돌아오지 않을 시간을 낱말들로 증폭시킨다. 운율을 쫓아 글을 던지고 나면 시원섭섭한 공기가 감싼다. 우연히 발견한 바닷가 샘에 발을 담그면 기포가 살포시 올라왔다 내려가기를 반복한다.

그 기포는 나를 생각에 잠기게 하고, 어느새 나는 기포가 되어 생명력을 얻는다. 천천히 숨을 들이마시며 나는 갖고 태어난 그 어떤 힘도 결코 잃고 싶지 않다고 다짐한다.

"심해의 기포처럼 올라오는 숨을 따라 걷다 보면, 잃어버렸던 생명이 나를 다시 일깨운다."

비밀 정원

소심하고 적극적이지 못해 답답하다는 소리를 수도 없이 듣던 꼬맹이 시절을 떠올려 봅니다. 매일 일기장을 숙제로 내야 했던 그때로 기억이 빨려 들어갑니다. 초등학교 시절, 일기장 속에는 수많은 시련과 아픈 감정들이 실려 있었습니다. 글을 쓰고 지우며 곪았던 감정이 풀리기도 했지만, 선생님이 일기장을 보실 때면 나는 항상 작아졌습니다. 비밀을 들키는 것 같아 부끄럽고 감추고만 싶었습니다. 아픔도 미움도 그저 부끄럽기만 했습니다. 그래서 나의 일기장은 나만의 비밀 정원입니다.

"일기장은 감추고 싶은 부끄러움이 아니라, 곪았던 감정을 정직한 문장으로 피워내는 나만의 비밀 정원이다."

외계인

무거운 감정의 해일이 나를 덮쳤습니다. 불편한 감정이 범람하고 쌓여 어느 순간 터져버린 울부짖음은 나를 캄캄한 블랙홀 속으로 몰아넣었습니다. 감정의 바다 속에 담긴 나의 체온은 얼어붙을 듯 차가웠고, 블랙홀이 생성될수록 두려움은 내 안에 있었습니다. 그 세계 속에서 나는 사람들과 비슷한 표정과 말투를 연기하며 적응해야 했습니다. 하지만 그럴수록 나는 혼자서만 교신하는 외계인이 된 것 같았습니다. 블랙홀이 나를 놓아주었을 때 알았습니다. 환청처럼 들리던 그 목소리는 분명 내 귀를 뚫고 나오는 나의 진실이었다는 것을.

"고독의 블랙홀 속에서 홀로 교신하는 밤은,
내가 외계인이 아니라
우주에서 단 하나뿐인 '나'임을 확인하는 시간이다."

잔상

저에게는 엄마라는 말을 꺼내기가 쉽지 않습니다. 맨발로 달려가 안기고 싶었지만, 그 품은 더 이상 닿지 않았습니다. 그녀는 아무 대답도 하지 않습니다. 세상에 없는 그녀의 잔상이 눈썹 위 거품처럼 올라옵니다. 다시 그녀를 보기위해 눈을 떠보지만 그녀는 끝내 보이지 않습니다. 그녀는 제게 어떤 존재로 남았을까요. 그 질문이 잔상처럼 기억 속에 맴돕니다.

"닿지 않아도, 그리움은 지워지지 않는다."

목적지는 없지만 같이 걷자

바람이 부는 날, 우리는 걷고 또 걸었습니다. 목적지는 알 수 없었지만 서로의 얼굴을 마주 보고 곁을 지키는 것만으로도 충분했습니다. 잘 보이지 않아도 되는 편안한 사람, 그게 바로 당신이었습니다. 가끔 내가 모진 말로 밀어내도 꿋꿋이 버텨주는 사람이 내게는 절실히 필요했습니다. 슬픔과 절망의 끝에서 나를 끌어올려주던 모든 순간에 당신이 존재했습니다. 어떤 높은 문턱을 만나더라도 당신과 함께라면 괜찮았습니다. 목적지는 없어도 함께 걷는다면 충분합니다.

"사랑은 같이 도착하는 것이 아니라, 길 위에서 끝까지 함께하는 것이다."

서울여행

서울에서의 긴 여행을 끝맺습니다. 살과 살이 부딪히며 느꼈던 온도는 기억 속에서 여전히 머뭅니다. 화살처럼 빠르게 지나간 나의 청춘, 그 시절 솜사탕처럼 달게 부풀어 오르던 기억들을 스쳐 지나갑니다. 딱딱했던 나는 이제 편안하고 부드러운 두부가 되어 갑니다. 그 안에 달콤함 한 스푼이 스며듭니다. 기억은 찬찬히 옅어지며 다시 새로운 문을 열어줍니다.

"두부처럼 말랑해진 마음으로, 나는 다시 일상 속으로 걸어 들어간다."

개화

매화가 고요히 꽃망울을 터뜨립니다. 꽃이 피어나는 그 찰나의 순간은 신기하게도 내 마음이 개화하는 시기와 맞닿아 있습니다. 피어오르는 마음의 싹처럼, 나의 글에는 따스한 온기가 번집니다. 봄 향기를 따라 산에 오릅니다. 산과 물을 길동무 삼아 종종 걸음으로 걷다 보면, 산들바람 속에서 수줍게 피어나는 꽃들을 마주하게 됩니다. 내 마음에도 발그레 눈꽃이 피어나는 계절입니다. 꽃은 사람 사이에 놓인 보이지 않는 벽을 허물고 우리를 더 가깝게 이어줍니다. 나의 글이 누군가의 마음에도 꽃으로 피어나길 바랍니다. 가보지 않은 길을 걷는다는 것은 두려움이 아니라 스스로를 여는 길입니다. 어린 시절로 숲으로 거슬러 올라가 소나무 잎사귀를 입에 물던 기억을 떠올립니다. 그때처럼, 나는 자연속에서 다시 또 다른 나를 배웁니다.

"내 안의 꽃이 피는 순간 비로소 봄이 시작된다."

설탕사막에서

향기에 취해 냅다 뛴다. 뛰어올라 도착한 곳에는 오직 새하얀 사막뿐이다. 상상 속에서만 존재하던 그 사막이 내 눈앞에서 사르르 녹아내린다. 평소 딛던 딱딱한 바닥과는 달리, 만지면 만질수록 부드럽게 녹아드는 사막이다. 설탕 같은 모래알 위에서 달콤함과 공허함이 동시에 밀려온다. 가도 가도 끝이 없는 사막의 지평선 아래에서 나는 내면의 자아를 찾아 나선다. 한사람 안에 여러 자아가 뒤섞여 있지만, 그 속에서 오직 진정한 나만을 발견하려 한다. 사막은 나의 존재를 뼈저리게 느끼게 한다. 나는 그 갈증 속에서 비로소 나를 나타냈다.

"부드러운 설탕사막에 발이 푹푹 빠질 때마다, 나는 허구가 아닌 오직 나만의 무게로 삶을 딛는 법을 배운다."

세미누드

인간의 아름다움은 자신의 이면까지 드러낼 때 가장 눈부시게 빛납니다. 물속에서 진행된 촬영에서 나는 '빛'의 주인공이 된 것 같았습니다. 유영하는 모습이 조금은 부끄럽기도 했지만, 나는 나의 선에 가까이 가고 싶었습니다. 누드 촬영은 몸의 곡선과 본연의 미학을 가장 선명하게 드러내는 것이었다. 작가와의 합작을 통해 여성의 선이 가진 고유한 아름다움을 발견할 수 있었습니다. 나조차 몰랐던 나의 일면을 마주한 순간이었습니다. 사진 속에 본질이 그대로 담기는 그 순간, 나는 인간으로서 본질을 알아챘습니다.

"화려한 의상은 나의 살결이며, 포장을 벗어던진 빛 아래서 비로소 영혼은 가장 찬란한 옷을 입는다."

눈꽃이 바람쳤어

온 세상에 꽃들이 속절없이 피어났습니다. 나는 불어오는 바람에 나를 온전히 맡겼습니다. 삶의 매 순간을 천천히 음미하다 보니, 조각난 기억들이 스멀스멀 바람이 되어 흘렀습니다.

잠시 정류장에 앉아 졸음과 스침 사이를 오갑니다. 뺨을 스친 바람이 너무나도 따뜻하게 느껴졌습니다. 그 다정한 바람은 사실 바로 나 자신이었습니다. 나뭇가지 위에는 말랑말랑한 눈이 머물러 있고, 바람과 눈꽃은 한데 어우러져 눈보라를 휘둘렀습니다. 그렇게 눈꽃이 내 마음 위로 거세게 바람쳤습니다.

"눈꽃이 바람 되어 날리는 날, 나는 타인의 계절이 아닌 오직 나로 인해 따뜻해지는 법을 비로소 알게 되었다."

정체

처음 만난 분과 '나다움'에 관해 이야기를 나누었다. 사람들을 만나면 무엇을 좋아하고 무엇을 잘하는지 종종 묻곤 한다. 자연스레 꿈에 관한 이야기로 이어졌다. 그는 현재 하는 일에 치여 자신이 진정 좋아하는 것이 무엇인지 잊어버렸다고 했다. 현실에 부딪히다 보면 꿈과 다른 길을 걷기도 하고, 시작도 하기 전에 겁을 먹고 포기하게 되기도 한다. 나는 그분께 용기를 실어 드렸다. 누구도 얻지 못한 고유한 능력이 분명히 있을 것이라고. 나는 그 말이 이상하게도 남의 이야기처럼 들리지 않았다. 나 또한 더 나다운 '서진'이 되기 위해 매일 건강한 자아를 되새기며 찾아가는 중이다.

"멈춰 있는 줄 알았던 시간은,
나를 가장 많이 바꾸는 시간이었다."

빛

빛은 화초의 생명이다. 빛을 머금고 자라나는 화초는 저마다의 흔적을 남긴다. 화초가 숨 쉬는 소리에 귀를 기울여 본다.

쌀쌀한 날씨와 거센 맞바람을 맞으며 버티는 화초들의 강인함은 경이로웠다. 나 또한 그 화초들처럼 강인함을 내 안에 갖춰야 했다. 거친 세상의 풍마에 부딪히고 밀려오는 파도를 껴안아야만 살아 남을 수 있었다. 현실과 이상, 그 위태로운 경계 사이에서 나는 오늘도 이상일지도 모르는 희망을 가진다.

"나를 키운 곳은 안락한 온실이 아니라
바람이 부는 자리였다."

물길

땀방울 하나하나가 모여 비로소 커다란 물방울을 그린다. 그 작은 물방울들이 흐르고 흘러 또 다른 물길을 만든다. 점과 점이 연결되어 하나의 서사가 만들어진다. 무의미해 보이는 수많은 점이 모여 결국 어느새 길이 되어있다. 내가 흘린 땀방울 중 흘려보낸 줄 알았던 땀이 남아 내게로 돌아온다.

"지금 내가 찍고 있는 작은 점들이 어디로 향하는지 당장은 알 수 없어도, 훗날 돌아보면 물길이 되어 있다."

향기

진한 향기에 이끌려 얼룩진 신발장을 엽니다. 밀려오는 향기는 온 집안을 취하게 합니다. 향기에 취한 채 운동화 끈을 묶습니다.

운동화를 신고 동네 구석구석을 어슬렁거리며 누빕니다. 내가 그토록 간절히 헤매며 찾는 향기는 과연 어디에 숨어 있었을까.

"멀리서 찾던 향기는 발자국마다 배어 있었으니, 내가 걷는 이 길이 이미 향기로웠다."

조용한 거리

지금의 나는 더 이상 모든 관계를 유지하려 애쓰지 않는다. 나를 설명하게 만들고, 나를 소모시키는 관계보다 침묵 속에서도 편안한 관계를 택한다. 말이 많지 않아도 불안하지 않은 관계, 설명하지 않아도 괜찮은 거리감. 그 정도면 충분하다. 누군가와의 거리감은 서로에게 편안함을 느끼게 해준다. 필요 없는 인간관계는 조용한 거리를 둔다.

"이제는 모든 관계를 붙잡지 않아도 괜찮다."

지금까지의 해방일기

그동안 내가 걸어온 환경은 너무나도 빨랐다. 이제는 조금 천천히 걷고 싶다. 혼자가 되어 온전히 나로 서 있고 싶다.

나는 무엇인가로부터 해방되고 싶다. 글을 쓰는 이 순간만큼은 타인의 시선을 벗어나 오직 나로 존재한다. 누군가 다가와 캐묻는 일에는 여전히 거부감이 든다. 내가 먼저 손을 내미는 것은 좋지만, 선을 넘는 질문은 부담스럽다. 이틀 만에 다시 연필을 잡고 나의 변화들을 세세하게 적어 내려간다. 나에게는 낯선 이 변화들을 안고, 나는 온전히 혼자가 되어 지구 한 바퀴를 자유롭게 걷고 싶다.

"해방은 타인의 기대에서 걸어 나와, 나의 길을 걷는 일이다."

자신

나는 나를 사랑한다고 말했지만
정작 나를 마주할 상황이 오면
우산을 펴고,
그늘을 찾고,
창문을 닫고 있었다.

사랑한다고 했지만, 내면을 마주 볼 햇빛은 피했다.
이제 그 문을 열어도 좋다.

"나 자신을 사랑한다는 것은,
보이지 않는 공간까지 가서
마음의 아이를 마주하는 일이다."